# TIMBRE

# TIMBRE

## Virgílio Maia

Ateliê Editorial

Copyright © 2004 Virgílio Maia

Direitos reservados e protegidos pela Lei 9.610 de 19.02.1998. É proibida a reprodução total ou parcial sem autorização, por escrito, da editora ou do autor.

Dados Internacionais de Catalogação na Publicação (CIP)

(Câmara Brasileira do Livro, SP, Brasil)

Maia, Virgílio
       Timbre / Virgílio Maia. – Cotia, SP: Ateliê Editorial, 2004.
ISBN 85-7480-242-5
1. Poesia brasileira I. Título.

04-3021                                     CDD-869.91

Índices para catálogo sistemático:
1. Poesia: Literatura brasileira       869.91

Direitos reservados à
ATELIÊ EDITORIAL
Rua Manoel Pereira Leite, 15
06709-280 – Granja Viana – Cotia – SP
Telefax: (11) 4612-9666
www.atelie.com.br
e-mail: atelie_editorial@uol.com.br

Printed in Brazil 2004
Foi feito depósito legal

# Sumário

## Esfera armilar

Esfera armilar ..... 13

Sesmeiro ..... 15

*In memoriam* ..... 21

A Casa do Saquinho ..... 22

Égloga ..... 23

Rudes brasões ..... 24

Esporas de prata ..... 25

Punhal e lazarina ..... 26

Encouramento ..... 27

Quadro ..... 28

Carnaúba com corrupião ..... 29

Curuzu ..... 32

Em louvor da bandeira, um desafio ..... 33

Três detalhes de uma litogravura de Gilvan Samico ..... 34

Uma tarde em Granada ..... 35

Messejana, Portugal ..... 37

Gleba ..... 38

Navegações ..... 39

Romancim do vento de domingo ..... 41

Sobral com suas palavras ..... 42

Sete momentos do Mar da Tahyba ..... 43

Póstumo ..... 47

# *Apud*

Soneto
das alegrias das águas .......... 51

Soneto
com mote de Eleuda de Carvalho .......... 52

Soneto
de pintura e evocação .......... 53

Soneto
com mote do magistrado Augustino Lima Chaves .......... 54

Soneto
de gesta, com estrambote para melhor esclarecimento .......... 55

Soneto
das seis moedas .......... 56

Soneto
ao poeta da Ilha do Desterro .......... 57

Soneto
com mote do poeta Dimas Macedo .......... 58

Soneto-legenda
para um bico-de-pena de Campelo Costa .......... 59

Soneto
do fuzilamento .......... 60

Soneto
do cidadão fortalezense .......... 61

Soneto
para Francisco Camilo, aquando do seu nascimento .......... 62

Soneto
sugerido por um texto de Marcos Suassuna .......... 63

Soneto
com mote tirado de um conto de Ronaldo Correia
de Brito, com estrambote rimado .......... 64

Soneto
com mote do astrônomo Ronaldo Rogério
de Freitas Mourão .......................................... 65

Soneto
de outro golem .............................................. 66

Soneto
a vinte e quatro quadros por segundo ................. 67

Soneto
d'A Casa ..................................................... 68

Soneto
das três espadas ........................................... 69

Soneto
do shin, dalet, iod ......................................... 70

Soneto
C ............................................................... 71

Soneto
da cidade e do desejo, com idéias de Italo Calvino ..... 72

Soneto
com mote de Natércia Campos ......................... 73

Soneto
de chuva e fome ........................................... 74

Soneto
do sorriso do almocreve .................................. 75

Soneto
da nonagésima-sétima surata ........................... 76

Soneto
da surata d´Os Corcéis .................................... 77

Soneto
com mote de Dionísio Areopagita, *apud* Johannes
de Sacrobosco .............................................. 78

Palavras sobre Timbre ..................................... 79

# Esfera armilar

Sphera segundo Euclides he hũ
corpo que se causa pello
mouimẽto
da circunferẽcia do meo circulo
leuado per derredor ate
tornar ao seu lugar:
estando ho diametro quedo.

Johannes de Sacrobosco

# Esfera armilar

**Para Ariano Suassuna**

Numa moeda portuguesa antiga
pelo uso polida,
por dedos puída,
há uma esfera armilar.
Os saberes de um mestre de Mileto
a esfera detém mais os segredos
do poder com fortuna navegar.

Augúrio de conquistas e aventuras
num e noutro hemisfério,
por improbabilíssimas lonjuras
era emblema do Império.

Lavrada em lioz
nas quatro duras faces do padrão,
entrelaçada à Cruz
era luz,
era voz
e traço-de-união.

Auribordada em campos prata e goles,
afoita perlustrava os oceanos
em peregrinação
por longas rotas de navegação
e gastos portulanos.

Mas sobre um outro mar
soube, sob outro céu, suster e suplantar,
um após um, os golpes desferidos,
doídas estocadas e alaridos
de invasores tiranos:
foi nos canaviais pernambucanos.

Encima, agora, timbre de brasão,
numa inscrição mural,
à argila o verso unido pelo fogo,
a epopéia de um povo
e seus heróis:
labaredas e sóis
da confederação armorial.

# Sesmeiro

**Para Francisco Carvalho**

Sesmeiro fui das largas, longas léguas
medidas pelos passos dos meus bois.

Mal começado o século XVIII,
cheguei
à fina areia do Retiro Grande
e fui
seguindo pelo Jaguaribe acima,
pela ribeira,
do Aracati a Passagem de Pedras,
depois Russas,
até o povo de São João da Varges,
e com mulher e filhos me instalei.

Em dias de agosto de mil e setecentos e quê
por despacho do Capitão-Mor
me foram dadas,
com os olhos d'água todos, por acréscimo,
as terras do Riacho dos Porcos,
dito Amoré na língua do gentio,

pa. suas criaçõins e pa. Sy
e seus herdeiros accendentes e desendentes,
as quais terras lhe dou e concedo,

com todas as agoas
campos testadas
e Logradouro
e mais úteis q nela houveram...,
qual essas terras donos não houvessem.

Então
– e disso alguém já se queixara a El-Rey –,
era a palmo de gato desbravar
o que em infinitas braças foi pensado.

Mas nas terras do Amoré
meus gados acomodei,
os vacuns e os cavalares,
bem logo fazendo erguer
casa-grande com curral,
plantando naquelas glebas,
vendo que frutificava,
toda a minha geração
que pela vida afora há de levar
olhares e feições dos meus Açores.

Tive notícia quando,
à barra do Sitiá, adusta e bela,
se elevaram os baldrames poderosos
de uma altiva capela dedicada
à Senhora da Conceição,
padroeira também de Portugal.
E o bronze do seu sino propagava
intermináveis ecos da fé,
no verão da paisagem desolada.

Em vão testemunhei e bradei contra
as matanças inúteis perpetradas
pelo Regimento do Jaguaribe
– pobre espada cevada em carne de índio.

Ouvi dizer que o Latinista Maia,
clérigo *in menoribus*,
declamava *A Eneida*
no mormaço das tardes ocres
de um então nascente Tabuleiro d'Areia,
quando
ensinava latim aos seus alunos,
enquanto,
médico e boticário,
fazia erguer igrejas e fazendas,
pagando piedosas promessas
a uma quase olvidada
Nossa Senhora das Brotas,
mandando vir imagem
da cidade da Bahia,
posto fosse Capitão de Cavalaria.

Tanger, tangi boiadas incontáveis
pelos caminhos que não existiam,
através de caatingas que estremavam
ao Ocidente com sete-estrelo
ou nessas terras chãs dos tabuleiros,
e épsilon de Escorpião traçava o rumo.
Às mercadorias vindas por mar
se transportavam em carros-de-bois,

que gemiam e chiavam tristemente,
do Aracati ao Icó.

Depois, em lombo de animal,
por ínvias veredas,
às barrancas do São Francisco,
inçadas de oxítonos topônimos tapuios,
donde iam dar
às catas de ouro das Minas Gerais.

Ao Piauí se iam buscar bois
correndo a Estrada Nova das Boiadas,
atravessando os campos de Uriá,
os formosos partidos de mimoso
de Santo Antônio do Quixeramobim
e o boqueirão do Poti,
topando-se, aqui, acolá,
com coloridas tropas de ciganos,
de destino e furor nunca sabidos.

Nas janelas do oitão,
nos parapeitos dos alpendres,
se riscavam,
a tosco lápis de carpinteiro,
marcas de gado
e se escreviam,
em tímidas quadras,
os balbucios
de umas primeiras gestas barbatãs,
inspiradas por espirituosas
talagadas de porto e de aguardente.

—— **18** ——

Foi quando um dia por aqui chegaram
esmaecidos rumores
de fato acontecido
numa das Capitanias de Baixo,
onde um moço foi
despedaçado a pata de cavalo
para gáudio da Corte
e caluda geral dos pensamentos.

Mais, havia os chocalhos de Alcáçovas,
de imbatível sonoridade,
as bonitas moedas bem cunhadas
em prata na distante Cuiabá,
que só por segura encomenda
tiniam por estas bandas.
Vi quando chegaram
as galinhas-d'angola,
os porquinhos-da-índia,
rebatizados de preás-do-reino,
avivando
o sonho fazendeiro dos meninos
e alucinando
o faro astuto das cadelas prenhas.

Soube, por ouvir dizer,
dos pavorosos crimes praticados
nas disputas de estremas ou de alcovas,
dentre as famílias ditas poderosas, ricas de gerações,
mas espiritualmente tão estéreis.

Sesmeiro fui e mais relembraria,
dessas eras,
que no final, de data, me tocaram
tão-só as versejadas verdes léguas,
medidas pelo metro do depois.

# In memoriam

Pelas brenhas do século XIX,
meu trisavô,
avô do meu avô pai do meu pai,
encourado,
com poucas letras
e talvez sem nunca ter visto o mar,
adjutorava na construção deste País,
sem saber, nem suspeitar,
quão cobiçosos olhos
espichavam para cá.
Agora, tanto tempo depois,
tocou-me a mim lhe fazer este verso:

Quem no chão desta caatinga
devagar o ouvido encosta,
escuta fatos de outrora
sob um sol que tudo tosta,
e, lá bem longe, um lamento,
que vai aboiando ao vento
Manoel Fidélis da Costa.

# A Casa do Saquinho
**Décima com mote de domínio público**

Já não se ouvem as pisadas,
os risos, as brincadeiras
e o cheiro das trepadeiras
hoje são coisas passadas.
Tinha as paredes caiadas,
em volta um jardim florindo.
Pois tudo aquilo está findo,
que do ontem restou um nada,
casa velha abandonada
que o tempo vai demolindo.

# Égloga

Daquela vez,
a minha mãe não viu quando eu chorei:
foi quando se foram,
resignados,
pela tarde que o inverno salpicara,
a Boa-Sorte mais seu bezerrinho de semana,
ao aboio de Chico Evêncio,
que nem precisava de tão mansa,
era só vaqueirice e fidalguia
do feliz comprador.

E para nunca, nunca mais se foram.

Por não enxugadas,
aquelas lágrimas me nublam
qualquer visão de reses ou boiadas
e os aboios me doem.

Se nas coisas avulsas que hoje escrevo
algum pranto furtivo se pressente,
este não traz, nem tem, avo que seja,
daquelas saudades.

# Rudes brasões

**M**eu avô imprimiu no couro vivo
de um boi brabo seu rústico brasão,
inflamada divisa do sertão,
que passou ao meu pai, qual aos meus tios.
A caatinga o forjou e lhe deu brilho;
as veredas do tempo, as diferenças:
para o meu, um puxete e essa pequena
flor na ponta que de outros o separa
quando, aos berros do gado, se declaram
ferro e fogo das marcas avoengas.

Pois das eras salvou-se uma relíquia:
um chocalho amarelo e meio tosco,
que por anos batia no pescoço
de uma vaca de nome Colombina.
Hoje dobra, dorido, às tão tranqüilas
solidões da fazenda em que tocou.
No metal do seu corpo se engastou,
posta ali a punção, armorial,
uma marca indelével, o ancestral
e incendiado brasão do meu avô.

# Esporas de prata

Do sertão mais profundo, em disparada,
um vaqueiro me trouxe esta comenda:
par de esporas antigas, sem emendas,
que um ourives lavrou na pura prata.
Guarda em si as mais rubras cavalgadas,
passo tardo e mugidos de mil bois,
os aboios de outrora e os de depois
e as venturas de um tempo que passou,
que entre matas e pedras pelejou,
sobre os riscos de sal que Deus dispôs.

Num galope de sonho e pesadelo,
retornei ao Sertão-do-Nunca-Mais,
repetindo, no brilho dos metais,
a figura de incerto cangaceiro.
Para sempre despi-me dos meus medos,
arrancando, na noite, uma botija:
as esporas que deu são mais bonitas
que as estrelas do céu no mês de agosto,
são as asas de fogo do sol-posto,
sua prata clamando à pedra rija.

# Punhal e lazarina

A marreta tinindo numa tenda,
araponga que nunca mais cantou,
rudo artista do ferro celebrou,
ao vermelho das brasas, uma lenda.
Atiçou as futuras desavenças;
fez, ao sopro do fole, a peça de aço:
deu feição, deu dureza, corte e cabo,
aprontando e polindo esta arma branca,
que me conta que foi, se hoje descansa,
um punhal reluzente do cangaço.

Lazarina legítima de Braga,
esta velha espingarda esteve outrora
nas soturnas tocaias, mas agora
orna e ilustra, domada, a minha sala.
Foi surpresa das aves e estampadas
na resseca coronha traz três mossas,
cicatrizes que fama lhe comprovam.
E os relampos dos roucos estampidos
são coriscos certeiros refletidos
de quebrada em quebrada, na memória.

# Encouramento

Enfeitei meu chapéu com diamantes,
pingos d'água catados na ribeira,
que uma chuva miúda e benfazeja
borrifou no meu chão, por uns instantes.
Figurei-me um herói, desses errantes,
um Quixote de luz, no pensamento:
barbicacho no queixo, barba ao vento,
coração espremido ao guarda-peito
e as fornidas perneiras tinham jeito
das de rija armadura de outros tempos.

As cantigas candentes do passado
declamei da maneira que queria;
rastejei noite e dia sobre a pista
e os nitridos fogosos de um cavalo.
Tudo ali parecia envolto no halo
do indiviso silêncio onde se lia
o romance da lua que subia
sertaneja aclamando minha veste,
cobiçando, tão bela, tão celeste,
meu gibão de beleza e fidalguia.

# Quadro
**Sobre um óleo de Valdir Rocha**

Fui eu que um dia vim,
o pé no pó,
da derradeira igreja derruída,
cajado à mão e só,
trazer aqui abraço e despedida.
E deixei, pois, lavrado na madeira,
o que coube dizer de gasto rosto,
de uns apagados gestos de sol-posto
mais as vozes que a luz emudeceu.
Se inevitavelmente hão de fazê-la,
quero agora e pra sempre responder
à indagação: que sucedeu,
quem nos mira de dentro desta tela?
Fui eu.

# Carnaúba com corrupião

### Para Sânzio de Azevedo

Caso à roda do sol para se pôr,
vem um corrupião e senta e canta,
solene, na mais alta carnaúba,
aos aceiros dos ventos se proclama,
losango de ouro em campo de sinople: Ceará.

Dela, da carnaúba, disse Renato Braga
em dois extraviados decassílabos:
...as folhas longamente pecioladas,
aglomeram-se em fronde terminal...

Quando aqui chegaram
os primeiros homens do Rio Grande,
os rudes construtores de fazendas,
era com a carnaúba
que os primeiros fortins se levantavam,
mais as casas primevas e os currais,
à beira-mar belos currais-de-pesca.

Os seus frutos de gosto adocicado
atraíam, nas várzeas vespertinas,
as crianças, as aves, os morcegos.
E nos anos sem chuva, à terra seca
homens e bichos escapavam juntos
com o branco maná da promissão:
palmito brabo para gente brava.

Dela disse,
no seu *Sertum Palmarum Brasiliensium*,
João Barbosa Rodrigues:

Au Paraguay on n' emploie
que le bois,
tandis qu'au Ceará
on utilize la cire
des bourgeon (Mangará)
pour faire des chandelles.

E nos eões cearenses
as velas de cera de carnaúba
— copernica Mart.,
karana'iwa, árvore do caraná —,
as velas de cera
alumiavam os casarões de outrora,
tremeluzindo alpendres e terreiros,
se se contavam fantasmagorias,
histórias de Trancoso e Jesuíno,
ou apenas
se soletravam trechos do Lunário,
enquanto, na camarinha,
macia rede-de-dormir pendia,
à espera
da madrugada plena
de murmurados gemidos
e sossego.

Eis do talo se fabricavam,
bem amolado canivete à mão,
as mais finas e acabadas gaiolas,
árdegos e afamados corcéis,
os lapizãs de inesquecidos nomes,
que tinham arreios feitos de cordão.

Mas foi, depois, a exportação da cera
para a América do Norte,
os patacões
ou escondidos para todo o sempre,

ou, por outra, endossando bravatas
nos sortidos cabarés de Mossoró.
Eram os tijolos de cera
empilhados nos quartos da rua,
mais os couros de bode por curtir
e aconchegantes fardos de algodão,
tudo domínio da Ceara Cotton,
remetidos, depois,
para os armazéns
de altas paredes e de largas portas
da Rua do Chafariz,
na Capital,
donde seguiam.

Do corrupião,
um incontido Aurélio,
com as cinco vogais,
dixit:

É apreciada
como ave de gaiola,
por ser bela
e pelo seu canto.

Icterus icterus jamacaii,
yamaca'i, assim o chamavam os índios,
o destruidor das pragas,
aurinegro guardião.

Então, se acaso, por um mês de maio,
na carnaúba do oitão,
algum corrupião dá de cantar,
ali se decreta,
no fim da amena tarde turmalina: Ceará.

Posto sejam penúltimos exemplares.

# Curuzu

Quando aqui nas areias desta terra
o andaluz navegante fez chantar
um lavrado madeiro, ali deixava
às intempéries dada, sem saber,
uma prístina marca, a cruciforme,
fenícia letra tawwu que depois
juntamente com outras foi levada,
legada foi com outras justamente
– phoinikeia grammata –, diz a lenda,
por Cadmo da lenda à agreste Grécia.

# Em louvor da bandeira, um desafio

**Para Carlos Newton Júnior**

Sobre o Marco do Jabre encasteladas,
drapejando às violas e às cantigas,
duas cores as outras sobrepujam,
por valentes que são e mais antigas;
o vermelho e o negro empalidecem
face às cores da vera Parahyba.

É a divisa mais bela e mais honrada,
que a gente não esquece e tem guarida
na lembrança das pedras e das armas,
no profundo querer da gente invicta;
é um abraço da paz com a fartura
no alviverde pendão da Parahyba.

É a bandeira da luta, é o pavilhão
verde e branco da terra destemida,
desfraldado no Brejo e no Sertão,
hasteado nas praças de Campina;
é a primeira que o sol-nascente beija,
na cidade que foi da Parahyba.

Este, sim, é o estandarte que tremula,
pois a tanto a heráldica autoriza,
que, forjados na história, seus valores
foram ganhos nas guerras mais renhidas;
o sinople e a prata resplandecem
no alviverde pendão da Parahyba.

# Três detalhes
# de uma litogravura
# de Gilvan Samico

A luz que luz aqui é o mesmo sol
que na Pedra do Ingá faz refulgir,
sertanejo e judaico, o candelabro,
nove lumes acesos para Ofir,
castiçal pelo vento em pedra inscrito,
menorá que interroga o que há de vir.

Pedregoso e sagrado, este é o chão
calcinado e querido e palmilhado,
que se estende por mapa que se estende
sobre tom de castanho-avermelhado;
território de escassos rios poucos
e tão pouco por águas freqüentado.

Os bramidos do touro ainda ressoam
nas paredes da gruta de Altamira;
da pintura rupestre o bicho traz
rude e lítica força que lhe atira
para além da gravura e dessa tinta,
do sossego aparente de sua ira.

# Uma tarde em Granada

Foi lá que um dia os vi,
tão detestavelmente impertinentes,
subindo e descendo,
descendo e subindo,
indo, vindo, voltando, indo de novo,
pisando e repisando naquelas pedras
que nada lhes dizem.

Foi lá que os vi:
guturais alemães,
suados franceses,
mais milhares de máquinas fotográficas,
ingleses pontuais,
foi lá, na bela Granada,
que os vi
já se sentirem assim tão poderosos,
indo e vindo, mas sem decerto ver,
por aqueles caminhos de perfume
das cinco pontes que cruzavam o Darro,
na Plaza de los Aljibes,
onde Federico, no Corpus de 22,
não deixou que morresse o cante jondo,
imortalizando-o nas gargantas
de Tío Tenazas
e de La Niña de los Peines.
Pois foi lá,
na cidadela de Ibn al-Ahmas e de Boabdil,
que postiços os vi naquele dia,

vindo e indo,
estampado nas caras boçais
o sorriso de alívio
diante das solenes ruínas do Islã,
eles, absolutamente moucos
ao cósmico muezim
que chama o mundo à reza.

Não vêem, não sabem ver, nem poderiam:
a romana Iliberis,
a Gharnata al-Ayud,
Torres Bermejas mais Albaicín,
nada, que são cegos.

E nem àquela esmola fazem jus.

# Messejana, Portugal

**A** quatro léguas de Ourique,
no Concelho de Aljustrel,
tem cinco espadas de prata
rebrilhando sob o céu.

É a Vila de Messejana,
de remota antiguidade,
das ruínas do Castelo
e de Águas de Buena Madre.

A Senhora dos Remédios
a ela estende sua mão;
seu nome, posto por mouros,
queria dizer prisão.

Bate a Torre do Relógio
rompendo o silêncio ancho,
qual guerreiros corações
dos tempos d'El Rey Dom Sancho.

Messejana, Messejanas,
abraços de tanto tempo;
ó tanta estrada corrida
e tantos perdidos lenços.

Vila Velha da Paupina,
plantada em chão brasileiro,
teu nome guarda, quem sabe?,
os pomos dalgum janeiro.

— 37 —

# Gleba

Alentejo que se estende
por campos de minha infância.
Àquela terra me prendem
mas tantas lembranças, tantas,

quais ondas que há pelo mar,
que se acaso os olhos fecho,
à face me chega um beijo
de frutas do seu pomar.

Alentejo – mar de trigo
com silêncios de romãs.
Sem jeito trago comigo
a cor de suas manhãs.

Se dele fico a lembrar,
na concha de minhas mãos
escuto a doce canção
da messe que ainda virá.

Na saudade deste olhar,
posto que tão longe esteja
vislumbro nalguma igreja
a minha pátria a rezar.

Alentejo é comunhão
de pão partido ao jantar.
Alentejo é caminhar
por léguas que não terminam.

# Navegações

Fui do Minho a Timor assobiando
alexandrinos versos que aprendi;
Solfejei ovilejos, madrigais
cantando as coisas todas que não vi;
sopesando moedas do meu Reino,
foi que cheguei aqui.

Em Goa, certa vez, por um ceitil,
empunhei nua espada em ditirambo;
graves, justos, leais e outros dinheiros
sobre camas joguei, em doce escambo;
meus soldos se esvaíam e mais torneses
em curvas cor de jambo.

Baladas, acalantos, terças rimas
reteci de perigos e gazéis;
no rondó dos vinténs e dos calvários
afilados punhais fiz de pincéis
na epopéia bonita do meu povo
por mares e batéis.

Espadim era, então, o verso ibérico,
arte maior, galega gaita e forte;
os brancos patacões e os alfonsins
facas-de-ponta do mais fino corte;
moedas do Engenhoso e portugueses,
um rico passaporte.

Epigramas, endechas e elegias
eram cantadas pela voz dos sinos,
guardiã de medalhas nos badalos,
sabidas tão somente por meninos
que na torre sineira já sonhavam
sonhar morabitinos.

# Romancim do vento de domingo

É certo que o vento sabe
quando o dia é de domingo,
pois nas tardes domingueiras
vem mais pleno de carinhos,
brincando pelas folhagens,
nos cabelos dos meninos,
com sua aragem moldada
pelos eixos dos caminhos,
acalentando as paixões
das moças que estão dormindo.

O vento sabe, decerto,
quando é tarde de domingo,
vestir-se de nostalgia,
embalar redes e ninhos
em domingueiro balanço
feito de folhas e trinos.

Sopra o vento domingueiro
das coisas todas se rindo,
dando às vezes a impressão
ou um medo repentino
que nunca mais vai soprar
nem no Dia do Juízo.

# Sobral com suas palavras

**À memória querida do Pintinho,
que mais do que ninguém amou Sobral.**

Brasonada Sobral, sopro o borá
e, raso de emoção, sob este sol,
vejo, no albor, o teu primeiro lar,
o primeiro labor e o vasto rol
das obras de que sobra quase só
um derruído Iaro a meditar.

E eu escuto, Sobral, pelas igrejas,
quando oras, santa sor, na sacristia
com as contas de alguma velha tia,
e, contraponto, os ecos da peleja,
da batalha campal se a bola rola,
no mormaço da tarde, aos pés de sola
dos meninos pra quem a praça é fria.

E relembro Sobral, inda Caiçara,
pascendo reses pelos pastos ralos,
ou, oba sertaneja, Januária,
calcando, no chão duro, os duros aros
dalguns carros-de-boi, enquanto soa,
no ensombrado da várzea do Jaibaras,
um zumbido que o tempo faz soar,
posto que tal lembrança às vezes roa,
dela mesma, a memória necessária.

# Sete momentos
# do Mar da Tahyba

**Para Flávia e Rafael Pordeus**

As dunas têm perfeito acabamento
de fina alvenaria,
posto sejam em contínuo movimento,
cirandando remota alegoria.
As dunas são tecidas de seus lenços:
ampulhetas enormes, velhos sinos
de doidos pensamentos
badalando galopes beduínos.
As dunas são efêmeras,
mas, num dado momento, estão eternas,
no solene silêncio das quimeras.
Mulheres bronzeadas que se estendem,
com sempre  renovada pele tenra,
as dunas se sucedem.

Incontável cardume deu à praia:
foi instante
de quase eternidade.
Eram mil diamantes,
mais a mais ofuscante claridade
de laca, madre-pérola, de jade
em maravilhoso átimo na areia.
Maré cheia,
o mar levou de volta o que era seu.
E se perdeu,

na imagem que se esvai,
rara oportunidade de um hai-kai.

Uma estrela do mar,
algumas conchas,
um pequeno hipocampo,
o velho búzio,
os corais retirados do arrecife,
duas bóias perdidas nas bonanças,
mais três ou quatro coisas
se compõem
num colar de marinhas esperanças.

Neste trato de sol, areia e sal
deságua, exausto e só,
tênue e trêmulo tracinho de água doce.
Aqui findou-se,
sumindo no mar,
a dura peleja
da nascente mirrada,
quase nada,
com ondas salgadas,
onde veio, tranqüila, se entregar.
E trouxe e traz e doa,
a quem quiser,
água fria no peito-do-pé,
lembranças serranas.
À praia plana,
onde morre e acaba,
oferece,
em primeira e derradeira prece,
a alegria miúda das piabas.

Ao pescador não importa
os sinais cá da terra:

só lhe toca a leitura,
as linhas tortas,
do vôo que passou.
Sempre acerta.
Tem ouvido aos lampejos que o mar diz,
lê na pauta deste arco sob o céu,
sabe ver quando é tempo e não maldiz,
jamais,
gesto que vem dos bisavós dos pais,
o significado das marés.

Quem primeiro a contou
há muito que partiu.
Até mesmo quem disse,
já faz tempo, que tudo era crendice,
a contagem dos meses consumiu.
E essa história de vento e maresia,
longo enredo de lenda e fantasia,
é parte inarredável da paisagem,
tal qual estes coqueiros e as jangadas,
o canto agora extinto da jandaia,
a lua sobre o mar no plenilúnio,
temores de infortúnio,
tudo já tão cantado e recantado.
As palavras passeiam,
e é difícil saber se essas pegadas
na areia molhada
são rastro de vivente ou de visagem.

E de repente exsurge, em pleno breu,
uma festa de luzes:
candelabros e cruzes
no perfil de um navio iluminado.
Sob a branca bandeira da memória
demanda a trajetória

traçada pelos barcos do passado.
Falas fenícias se fundem nos ares
às vozes ancestrais
dos portos derruídos e dos cais,
numa bela babel de sete mares.
Zarpa agora o navio afortunado
e talvez rume,
numa canção de remos e naufrágios,
a alguma tropical Última Tule.

# Póstumo

Há, nesta palavra,
uma lâmina de tempo,
torrões de terra sobre um ataúde.
Póstumo: depois do húmus,
restos vegetais num chão de floresta.
Depois do pó que nos deitaram em cima,
fica o porvir que já não nos pertence.
Postumária: a eternidade aqui,
em nossa ausência.
Póstuma: a poesia que esperou
que se cerrassem os lábios de um poeta
para se fazer ouvir por outras bocas.
O filho que só vem quando o pai parte
e que talvez lhe acene ao pé do túmulo:
póstumo.

# *Apud*

Habent sua fata libelli.

Terenciano Mauro

# Soneto
## das alegrias das águas

**Para Côca**

Num recanto de mapa e eternidade
rumina, exata, a cabra beduína
e extraviado oásis das Arábias
rumoreja a oração desta paisagem.

Os cristais são do Tejo, vêm de Espanha,
da maura sisudez de Albarracín,
mas da torneira simples se derramam,
as vozes misturadas, no jardim.

De um vela de Cristo é de onde parte
o aracati que pila, pela tarde,
a imensidão silente que nos quis.

Aqui tudo se soma em corpo só:
Nordeste e Portugal num mesmo rol,
no remanso alviblau de um chafariz.

# Soneto
## com mote de Eleuda de Carvalho

Trilha estrita, vereda milenar,
mostra, por dentre o verde e muitas eras,
cenas de caça, amor, gritos de guerras,
do tempo velho em que o sertão foi mar.

Havia, então, a gente que vagava,
desnudos seios, longas cabeleiras,
rumo aos rumos que a inúbia lhe traçava,
num trançado de lutas e de estrelas.

Dão testemunho: a pedra semeada
pela aridez formosa das caatingas,
e os líticos jardins de claros seixos.

E paira sobre nós a gente antiga,
pilar das nossas almas que declaram:
era o povo castanho no começo.

# Soneto
# de pintura e evocação

**Para Gerardo Mello Mourão**

Se um dia a mata virgem coatiou-me
com flecha, gavião, asa e coqueiro,
sobre o meu corpo aqueles traços negros
emblemavam batalhas e conquistas.

Coatiabo!, o pintado, murmurou-me;
por amor deste amor me fiz vermelho,
fui mais um dentre mais de mil guerreiros,
degolando bretões, sorrindo às índias.

Mestre-de-campo fui, sobre os batavos,
três cores liderei, em prol da Ibéria.
Vesti ora gibões, ora enduapes.

Hoje, lembro Iracema, a minha América,
os verdes que sonhei e o búzio cavo
convocando horizontes de saudade.

# Soneto
## com mote do magistrado Augustino Lima Chaves

Não é só, Seu Doutor, este trejeito
ou este esgar que fala me embaralha:
a minha mãe de todas as batalhas
se fere, escute, é aqui dentro do peito.

Disfarçar, quem me dera, não tem jeito,
todo o assombro de uma alma tartamuda;
vozes outras que o meu juízo escuta
são o meu tresvario, ao qual me ajeito.

A mim não acode a epistemologia
das abissais ciências, pois sabia,
de antemão, dos remotos axiomas,

e, também, que depois do raio-x
está a barreira extrema que se quis:
o sentido profundo dos sintomas.

# Soneto
## de gesta, com estrambote
## para melhor esclarecimento

De primeiro eram campos indivisos
isentos das rosetas dos arames,
onde pastava solto o gadario,
nas desmedidas datas. Rubras tardes

no pôr-do-sol da voz dos tangerinos
em longínquos quebrantos. Que suplante
aquele tempo agora neste rio
em que lanço a lembrança e que me acalme

o inaugural caminho das boiadas
que subiram esta várzea, o rasto-fêmeo
invadindo estes chãos, ponta-de-lança

da inexorável marcha. Conquistadas
as escondidas flores da caatinga,
se encantou o Rabicho da Geralda.

– se cantou o Rabicho da Geralda.

# Soneto
# das seis moedas

Repassadas por tanto, tanto tempo
desenterrei um dia seis moedas:

bimilenar, bovina e paciente,
efígie numismática, bela e grega.

Ridente garanhão em disparada,
perseguindo, fogoso, as éguas celtas.

Dois mil anos de força nos contemplam:
taurina força, helênica e soberba.

Perfil equino heróico de Cartago
sobreviveu às eras e ao Delenda.

Relinchando desérticos luares,
brabo Simum ao vento a crina eleva.

Mulher-deusa Tanito o cavalgou,
num estáter dourado, nua e bela.

# Soneto
## ao poeta da Ilha do Desterro

Poeta foi de luas e cortinas,
dos fluídos azuis das noites claras,
maravilhado às mil místicas aras
das duvidosas dádivas divinas.

A estrela gelada as rimas qual
um salmo de Noel enfeitiçado
sobem, se somem, par que fora achado
num noivado pensado por Chagall.

Há cânticos e luz, meninas mortas
no soturno silêncio que une o verso
dele à mais  dolorida das visões,

se soluçam nas pautas semi tortas
do quebrado bequadro do universo
vozes veladas, primas e bordões.

# Soneto
# com mote do poeta
# Dimas Macedo

Se quer, para o poema, o inusitado,
clarão de assombro e beijos da surpresa,
ajoujados no abraço da beleza
e o jeito austero de um baú herdado.

Lhe arrepie o caminho resgatado
nas gavetas daquela mesma mesa,
mais a amizade dessa chama acesa
se fizer frio e o escuro é convidado.

Que toque a que se quer, a tão querida
na rutilância das guerreiras hordas,
mas sem receio de dizer: saudade.

E o ouvido apure, a flauta já convida
a tanger fundo, nas profundas cordas,
o sopro novo da inventividade.

# Soneto-legenda para um bico-de-pena de Campelo Costa

Enrouquecidas pelo pó da tarde,
três tubas entristecem A Procissão
que eleva preces e carrega imagens
com um fervor que não se vê mais não.

Padre, pálio, andor e crucifixo
pisam lentos, olhando para o chão,
com a tristeza carola desse ofício,
na amargura beata de um sermão.

Uma dupla ali surge de repente,
sem saber dos motivos porque todos
se contêm em contrita compostura.

Olham, escutam, mas não compreendem:
baladeira no bolso e Vista Aguda:
um menino magrelo e seu cachorro.

# Soneto
# do fuzilamento

**U**m deus de pedra assiste à dura cena
e o dia desce em tragos de tequila.
Sem esperança: a esguia espada erguida
a tarde fendirá, em ordem horrenda.

À-toa um padre asperge a água-benta,
mas a terra tem sede é de justiça.
Temerosos das armas fratricidas,
do sombreiro os que atiram fazem vendas.

Mire: um povo a si mesmo se aniquila,
que só vencidos há nessa contenda,
igualado o que cai ao que fuzila.

Ó México de guerras e de lendas,
na procura de altares e oferendas,
o que será encontro ou despedida?

# Soneto
## do cidadão fortalezense

### Para Martônio de Vasconcelos

Um dia vim, da aurora sertaneja,
juntar-me aos meus irmãos nesta cidade
e deste chão a erguemos. Que então seja
somatória de vento e claridade.

E se firmaram aqui, numa ciranda,
os quadrantes da pátria alencarina:
praianas saias numa aragem branda,
baturités, baetas e neblina.

A canção é a canção dos sobrenomes
trazidos pelas naus e com louvores
edificamos, firme, a nossa grei.

Na leitura sem fim dos velhos nomes,
dos amores antigos e das dores,
quero cantar bem mais que poderei.

# Soneto
# para Francisco Camilo,
# aquando do seu nascimento

Em Fortaleza, aos trinta e um de outubro
deste ano agora de oitenta e oito,
eis Francisco Camilo, e sei, que, afoito,
honra fará aos nomes que descubro.

O seu nome de pia é de peleja,
que nele se constata, sobranceiro,
juntar-se Il Poverello ao guerrilheiro.
Quer-se o profeta armado. Que assim seja.

E pronto se erguerão as esperanças;
deste tempo eivado de injustiça
restarão, tão somente, após a liça,
más algumas longínquas remembranças.

Segue, menino, o São e a trilha sã
de Camilo Cienfuegos Gorriarán.

# Soneto
## sugerido por um texto
## de Marcos Suassuna

**M**ais uma vez, no céu, ela está cheia:
nasceu, subiu, e agora, quase a pique,
esparrama luar, e que não fique
sem sua luz sequer um grão de areia.

Ela é a mesma que passou, alheia,
pelas barbas caducas de um mujique
e que aplaudiu, pasmada, quando Ourique
avivou, num escudo, a Santa Ceia.

Mas hoje quer brilhar para a matilha
que, olho aceso, açulada morde as ancas
da caça já de cascos desconexos.

E no aceiro alargado a lua brilha,
uivando-a, à mostra pondo as presas brancas,
avassalados cães, os cães perplexos.

# Soneto
# com mote tirado de um conto de Ronaldo Correia de Brito, com estrambote rimado

Trovões de antigamente trovejaram
relembrando os trovões do Cachoeiro.
Se me lembro, era março. Ou um janeiro?
As novilhas de cabra já viçavam.

Qual de Macondo, a chuva despejava
centenas de sapinhos no terreiro,
que brincavam, qual fora fevereiro,
e, a chuva de Macondo, a Tabajara.

Os trajetos sestrosos dos relampos
orquestravam nenhum itinerário
às águas muitas dos riachos rentes.

Pois aí, repentino caga-fogo
acendeu, no fazer cotidiano,
a luxúria barrenta das enchentes.

— Veio então pequenino pirilampo
para acender, no seu fazer diário,
a barrenta luxúria das enchentes.

# Soneto
## com mote do astrônomo
## Ronaldo Rogério de Freitas Mourão

O roteiro é de vaga e de ampulheta,
de sina e singradura e portulano,
mais quilhas carcomidas por gusanos,
perdida a tramontana nas areias.

Os Sete Bois do Norte não têm pressa
se a nau, esquiva, foge na neblina,
enquanto a Cruz do Sul, quinas, se inclina
apontando, no negro, noite espessa.

A rota é só de sal e longitudes,
de solidões baixadas das alturas,
no achamento daquilo que se crê,

que em adição de mágoas e virtudes,
malgrado a balestilha das lonjuras,
navegar pelos astros é prever.

# Soneto
# de outro golem

No Evangelho de Borges, foi em Praga,
no Bairro dos Judeus, com precisão,
num ano tal que não se sabe não,
que essa lenda aflorou, feito uma adaga.

No princípio, correto e feito gente,
um boneco de barro se movia,
só por amor do nome que trazia
inscrito em sua fronte, a dedo quente.

Judá Levi em Praga era rabino
e se uma vez deu vida a tal vivente,
apontá-lo culpado não convém,

pois sempre que na noite toca um sino,
se sente o olhar, parado bem à frente,
dos olhos argilosos de outro golem.

# Soneto
# a vinte e quatro quadros
# por segundo

### Para Geraldo Afonso Sampaio

Acena, Odessa: a escadaria desce
ao choro de um carrinho de bebê,
e, também, mas quase não se vê,
pedra-de-ferro que essa fita aquece.

Enorme lençol branco, a tela branca
exibe e esconde, esconde e exibe, acena,
carecendo que o preto-e-branco trema
para mostrar caldeiras e alavancas.

Jazem por terra as multidões da Rússia.
E em multidão o povo se levanta
para gritar: o enredo não tem fim,

e, mais, que sonhar inda se usa,
se num muro qualquer de Cochabamba
se expõe o coração do Potenkim.

# Soneto
# d'A Casa

Aquela casa, aquela construída
para romper os séculos-amém,
no alvor do esguio oitão mostra também
uns gestos de chegada e de partida.

Guarda a sacralidade de uma ermida
quando raro perfume às vezes vem
juntar-se aos vagos vultos que ninguém
ousa apostar se desta ou da outra vida.

A tarde traz balidos tão tristonhos
ouvidos, longe assim, como que em sonhos,
na sala-de-visita. E o Bom Pastor

talvez nem mais assista àquela casa,
ou, talvez, quem dirá, talvez que jaza
na memória beirã de um bisavô.

# Soneto
# das três espadas

**F**oi quando aqui tinindo e retinindo
três espadas de ferro, se forjou
a loura lenda de um combate antigo
que às pedras de uma praia se cravou.

Ao gume da primeira repartido,
o vento narra aquilo que narrou
a repetida saga, os duros gritos
e o bélico drakar que soçobrou.

Havia, dizem, um cão, mas se tornou
na sombra da segunda e, seus latidos,
a voz desesperada do pavor.

A terceira um guerreiro destemido
no próprio largo peito a embainhou
e até hoje a sustém. Sem um gemido.

# Soneto
# do shin, dalet, iod

**Para Jacqueline e Nathan Wachtel**

Logo à entrada se viam, no caixilho,
à direita de quem na casa adentra,
vestígios velhos de vetusto brilho,
de algo talvez que só a fé inventa.

Figuravam três letras, breves traços,
formando curta perpendicular,
mas compondo, naquele leve espaço,
acróstico da tarefa de guardar.

Caixilho foi, foi porta, foi-se a casa,
e, se letras ficaram, ninguém diz,
que aquelas eras já se foram embora.

Se escapou a memória por um triz,
hoje é ave das asas despojada,
no sempiterno martelar das horas.

# Soneto
# C

**C**em sonetos acolho neste arquivo:
se dos cem cometi alguns a esmo,
outros são de tal forma meus amigos
que são, eu sei, retalhos de mim mesmo.

Falam de quase nada e quase tudo:
de um avô, de um menino e seu destino,
dos meus pais, Fortaleza, de alguns bichos,
dessa luz que incandesce e deste escuro.

São sonetos, não passam dos quatorze
versos vertidos, postos nesta fôrma:
dez sílabas contadas e medidas.

Rimas, poucas, e quase sempre pobres.
E não posso dizer que disse todas,
todas as coisas que merecem ditas.

# Soneto
## da cidade e do desejo, com idéias de Italo Calvino

**Para Andréia e Vidal**

Primeiro, a duna, ao longe, faz corcova
de imenso dromedário que ali dorme
a pastorar, feroz, deserto enorme,
mais sonhos de azulejo e lua nova.

Depois, o porto, um ponto entre os vazios
descomunais, nas águas e na areia.
Mais além, a promessa, a doce teia
de tendas, danças, ventres e assobios.

A caravana parte, os odres cheios,
rumo à sombra tremente das palmeiras,
aos oásis que sempre usa de achar.

Essa a visão que tive e tem, sem freios,
e decerto terá, de outras maneiras,
quem chegar a Despina pelo mar.

# Soneto
# com mote de Natércia Campos

**D**o minarete a voz do almuadém
abóia às vastidões dos areais
e ecoa aqui, composta de vogais,
no pedir de outro ser, cego também.

As paredes das casas de Jaén
os lajedos refletem fossem quais
já lampejos de gumes e punhais
que aos terminais temores têm desdém.

E as histórias contadas trazem fio,
entretecendo sóis no mesmo estio,
vezes tantas cantado nos serões,

se uma mulher de preto chora e carde
toda a vontade que lhe vem à tarde
de entrelaçar saaras e sertões.

# Soneto
# de chuva e fome

Era noite de chuva, dessas chuvas
que, quase no equador, encharca as almas
e o borrifo das telhas tira a calma
das desmontadas camas das viúvas.

Era a chuva a alegria das formigas,
que mais se agitam quando vem a chuva
e se comportam qual fossem viúvas
que, à chuva, despertassem coisa antiga.

Foi numa noite assim que aconteceu
à cadela faminta que fuçava
restos molhados nuns baldios fáceis,

parecer essa fome que bramava
de sempre, sob a chuva, um himeneu:
a velha fome farejando fósseis.

# Soneto
# do sorriso do almocreve

O velho itinerário dessas léguas
calçadas pelo estalo da alpargata,
vara veredas ínvias de cem réguas,
no trançado de sola da arreata.

Quando os catares desconhecem tréguas
e toda a tropa doce odor desata,
ao chouto curto de arredias éguas
luziluzem jaezes cor de prata.

Vêm de lá, das latadas de Larache,
rumando reto, rente às ribanceiras
de Guararavacã do Guaicuí.

Cachaça, mescla azul, fumo, pistache,
toca o arrieiro a inexistentes feiras,
assobiando sonhos de organdi.

# Soneto
# da nonagésima-sétima surata

Esta noite é melhor do que mil meses,
vale mais, muito mais que mil navios,
que n rebanhos de formosas reses
e abarca a somatória dos estios.

Ela é a paz e, vezes vezes vezes,
virá de vez ao mundo e seus rocios
serão fé de onzeneiro e camponeses,
que é decreto baixado sobre impios.

O segredo de bem depois da aurora
aos anjos que desceram, nesta noite
por pulso forte se esclarecerá.

E ao todo tocará, aguda espora,
a ponta sibilante de um açoite,
nos ponteiros finais dessa hora H.

# Soneto
## da surata d´Os Corcéis

Risca a eloqüência do tropel valente
um mapa de conquista e de esplendor,
quando o refolgo dos corcéis vai rente
às gaguejantes pernas do pavor.

Na antemanhã da cimitarra crente
o pó dá testemunho do rumor
rubro do embate que se faz crescente
ao fogo, à chispa, alfanges e valor.

Depois, a cavalgada pela areia
das apagadas trilhas de Cartago
a um poente que chega e não termina.

Dessa lenda de luta e lua cheia
há escondida lembrança, em texto mago,
nos escritos de Meca e de Medina.

# Soneto
## com mote de Dionísio Areopagita, *apud* Johannes de Sacrobosco

Pois sendo sol-a-pino, o sol descai
de vez, descendo às camas do Ocidente;
antecipada noite corta rente
derradeiro arrebol e o dia esvai.

O firme firmamento berra e sai
uma assombrosa lua no poente;
traz nas faces tremores de doente
e a brancura das Tábuas do Sinai.

Mas não só: sopra um vento milenário,
misturando poagem, Cruz e prece
ao vermelho da veste posta em paz,

propondo as opções, neste sumário:
é o Deus da natureza que padece
ou a Máquina do Mundo se desfaz.

# Palavras sobre Timbre

NORMA COURI
ALBERTO DINES

São Paulo, 30/9/02

Virgílio

Lemos juntos e gostamos do soneto de chuva e fome mas também dos sonhos de organdi. Claro, a cidade do desejo, as espadas + os astros, o fuzilamento e o desterro antecedidos pela alegria das águas. É lindo. Gostamos tanto quanto navega-cos. Virgílio: o ritmo, o cuidado, os cortes, o esmero e a força do seu timbre nos deixaram orgulhosos do amigo, do poeta.

Beijos de Norma e Alberto

# Os livros e os livrinhos

Virgílio Maia, poeta de qualidade, divide o seu tempo entre os misteres da advocacia e os mistérios da poesia. Apaixonado pela magia das tradições ibéricas e pela densidade cabalística das primitivas escrituras judaicas, ele as aproveita, com absoluta pertinência, para diversificar e enriquecer a artesania de seus poemas.

*Timbre*, seu mais recente livro de poemas, nos traz de volta o poeta dos brasões nordestinos e das sextilhas incandescentes, também chamadas de martelo-gabinete, que servem de moldura sonora aos *Estandartes das Tribos de Israel*, conjunto de doze gravuras executadas pelo talento de Côca Torquato. O poeta está de volta com a mesma força do seu lirismo épico (relevem-me o paradoxo), a mesma destreza na elaboração de suas construções temáticas, nas quais consegue uma fusão extraordinariamente bem-sucedida do erudito e do popular.

Ao ler os poemas de *Timbre*, o leitor atento vai esbarrar em palavras cujos significados os léxicos geralmente não registram. Algumas delas para exemplificar: larache, pistache, arreata, surata, golem, alviblau, morabitinos, vilejos, lapizãs e várias outras não menos curiosas. Mas esse fato não deve desencorajar o leitor nem levá-lo a supor que Virgílio Maia é algum colecionador de vocábulos de sonoridades exóticas, estranhos à índole do nosso idioma. Diga-se, de passagem, que tais vocábulos não comprometem a funcionalidade dos contextos em que se acham integrados.

No belo poema "Sesmeiro", em que o autor celebra as peripécias de alguns expoentes de sua ancestralidade, o lírico e o épico se confundem (o que de resto acontece na maior parte do livro). "E o bronze do seu sino propagava / intermináveis ecos da fé / no verão da paisagem desolada" (p. 16). Logo adiante, na p. 17, este discurso viril de um autêntico des-bravador de caminhos: "Tanger, tangi boiadas incontáveis / através das caatingas que estremavam / ao Ocidente com sete-estrelo / ou nessas terras chãs dos tabuleiros / e épsilon de Escorpião traçava o rumo".

A poesia de *Timbre* é um mergulho nas origens da infância do poeta. Das profundezas da memória ele vai buscar as sombras patriarcais de Manoel Fidélis da Costa, seu trisavô; Francisco Bento de Assis Maia, seu bisavô; Antônio Lopes da Costa Maia, seu avô, e Napoleão Nunes Maia, seu pai. "Quem no chão desta caatinga / devagar o ouvido encosta, / escuta fatos de outrora / sob um sol que tudo tosta, / e, lá bem longe, um lamento, / que vai aboiando ao vento / Manoel Fidélis da Costa" (p. 21).

Em "Rudes Brasões", a evocação do avô, Antônio Lopes da Costa Maia: "Meu avô imprimiu no couro vivo / de um boi brabo seu rústico brasão"... (p. 24). Falar em boi induz a pensar em cavalo, e cavalo fogoso, dizem que o será ainda mais à custa de esporas. Daí que "Do sertão mais profundo, em disparada, / um vaqueiro me trouxe esta comenda: / par de esporas antigas, sem emendas, / que um ourives lavrou na pura prata" (p. 25).

Há nesse livro uma evidente impregnação do lirismo trovadoresco de origens ibéricas. Poemas como "Messejana, Portugal", Gleba, "Navegações", "Soneto das Alegrias das Águas", "Romancim do Vento de Domingo", para citar apenas esses exemplos, constituem prova cabal do que acima foi referido. Que o digam estes versos: "A quatro léguas de Ourique, / no Concelho de Aljustrel, / tem cinco espadas de prata / rebrilhando sob o céu" (p. 37); "Alentejo — mar de trigo / com silêncios de romãs. / Sem jeito trago comigo / a cor de suas manhãs" (p. 38); "Espadim era, então, o verso ibérico, / arte maior, galega gaita e forte" (p. 39); "Os cristais são do Tejo, vêm de Espanha, / da maura sisudez de Albarracín" (p. 51): [...] "Nordeste e Portugal num mesmo rol, / no remanso alviblau de um chafariz" (*idem*).

Não é por acaso que o poeta coloca o "Nordeste e Portugal num mesmo rol". Também não é por acaso que o relógio da torre da igreja de

Messejana é comparado a "guerreiros corações / dos tempos d'El Rey Dom Sancho". Também não é por acaso que o primeiro verso do último terceto do soneto da página 52 começa com este decassílabo de indiscutíveis reminiscências camonianas: "E paira sobre nós a gente antiga". É justamente o sopro tutelar dessa "gente antiga" que alimenta as vertentes épicas dos poemas de Virgílio Maia. Sem que isso signifique dizer que esse fato lhes compromete a justa ambição de modernidade.

Nas páginas de *Timbre*, trabalhadas com requintes de alquimista, desfilam trovadores, menestréis, seresteiros, cantadores e repentistas nordestinos. Os redondilhos de sonoridade medieval contracenam com decassílabos heróicos. Os mesmos decassílabos utilizados pelo Provedor de Defuntos e Ausentes para celebrar o heroísmo dos varões lusitanos "em quem poder algum não teve a morte".

Não desejo concluir estas breves anotações sem advertir o leitor para a excelente qualidade dos vinte e oito sonetos de que se compõe a segunda parte do livro: *Apud*. Trata-se de textos de alto nível literário, escritos com aguda consciência de quem sabe que a poesia, independentemente de cânones e arquétipos, é uma conquista dos valores intrínsecos e estéticos da linguagem. O soneto da página 72 nos parece exemplar: "Primeiro, a duna, ao longe, faz corcova / de imenso dromedário que ali dorme / a pastorar, feroz, deserto enorme, / mais sonhos de azulejo e lua nova".

Na segunda parte do seu livro, Virgílio Maia transcreve esta frase do filósofo Terenciano Mauro: "Habent sua fata libelli" (Os livrinhos têm o seu destino). Se é justo que os livrinhos tenham o seu destino, com mais razão é lícito esperar que os livros de verdade (é o caso de *Timbre*) tenham destino ainda mais promissor.

Francisco Carvalho

# Um livro de Virgílio Maia

Mais de uma vez tive oportunidade de demonstrar minha admiração pela segurança com que Virgílio Maia trabalha o verso, notadamente o de dez sílabas, e principalmente na difícil construção do soneto, forma poemática em que ele é mestre entre nós.

Agora, com o livro *Timbre*, o poeta nos oferece, além de vários sonetos, dois deles ostentando o clássico recurso do estrambote, poemas outros vazados em decassílabos, em redondilha maior, e até em versos polimétricos.

É abrir o volume, ao acaso, e encher os olhos e os ouvidos com poesia de alta qualidade, feita de sentimento, muita arte e sólida cultura. É o caso de "Sesmeiro", com dedicatória a Francisco Carvalho, em que lemos: "Sesmeiro fui das largas, longas léguas / medidas pelos passos dos meus bois".

Ou de "Punhal e Lazarina", com esta bela e forte imagem: "E os relampos dos roucos estampidos / são coriscos certeiros refletidos / de quebrada em quebrada, na memória". Ou de "Messejana, Portugal", onde há estes versos com rima toante nas linhas pares: "Messejana, Messejanas, / abraços de tanto tempo; / ó tanta estrada corrida / e tantos perdidos lenços".

Ou o caso destes, de tão rara simplicidade: "É certo que o vento sabe / quando o dia é de domingo", do "Romancim do Vento de Domingo". Ou nos "Sete Momentos do Mar da Tahyba", em que lemos: "As dunas são efêmeras, / mas, num dado momento, estão eternas, / no solene silêncio das quimeras".

Ou, para não ir mais longe, nestes, que servem de fecho ao "Soneto com Mote de Natércia Campos", e que fala de histórias que entretecem sóis, "se uma mulher de preto chora e carde / toda a vontade que lhe vem à tarde / de entrelaçar saaras e sertões". E muitos outros versos poderiam ser aqui transcritos, com sua carícia lírica ou seu sopro épico, a confirmar a arte desse poeta que é Virgílio Maia.

Sânzio de Azevedo

## O forte *Timbre* de Virgílio Maia

*Timbre* é um livro nobre, insígnia da poderosa força de um poeta a marcar-nos com seu ferro e sinal.

Afirma Virgílio Maia que latente no homem existe a velha vontade de deixar escrito. O poeta além de deixar escrito faz jorrar dentro de nossa alma a torrente da oralidade. Ecoam vindo do mundo mítico de seus poemas vozes de antanho, aboios dos encourados do sertão-velho, bralhar de animais de montada, alaridos de invasores tiranos, balbucios de umas primeiras gestas barbatãs, o estilhaçar das fagulhas das labaredas e sóis, balidos tristonhos, o caminhar sereno e fragoroso de todas as águas, os chocalhos de Alcáçovas, os gemidos dos carros-de-bois, embalo de redes e ninhos, assobios agudos, epigramas, endechas e elegias... cantadas pela voz dos sinos, flauta dos ventos domingueiros nas palhas dos canaviais.

Embalamo-nos pois, nesses poemas, no acalanto de vozes e sons vindos do tempo velho em que o sertão foi mar.

Timbre traz-nos um mundo já impreciso, esbatido, silencioso, quase fábula. Ele nos chega clássico pela nobreza de suas palavras, imagens de seus pastoreios, tropéis, suas casas protegidas por paliçadas-muralhas e baldrames de madeira-de-lei, seus bichos de pena e casco, seus oleiros e seus cantadores e taumaturgos a palmilharem ínvias veredas, carrascal e caminhos em cruz.

Sua sonoridade traz-nos um zumbido que o tempo faz soar.

Livro que nos ilumina os sentidos pela força do poeta-trovador Virgílio Maia, a nos fazer percorrer os antigos caminhos dos sertões-de-dentro que a tantos avassala a alma.

Natércia Campos

# Sinete

Martelo para Virgílio Maia,
a propósito do seu livro de poemas *Timbre*

Da aurora sertaneja ao mar veleiro,
da casa grande à espora legendária,
da gleba ao romancim que o vento sabe,
neste *Timbre* que os pastos reverdece,
forja-se o eco, a soma postumária,
e tudo vai ficar antes que acabe.

Poeta Virgílio:

Minha prosa sobre o magnífico *Timbre* ficara muito
aquém da porteira do teu venerando avô. Daí que,
transformada nesta estrofe,
acho que fica melhor entre tantas outras
referências ao livro. Um forte abraço
do velho amigo e leitor.

Jorge Tufic

| | |
|---:|:---|
| *Título* | Timbre |
| *Autor* | Virgílio Maia |
| *Capa e projeto gráfico* | Ana Paula H. Fujita |
| *Editoração Eletrônica* | Negrito Design Editorial |
| *Formato* | 14 x 21 cm |
| *Nº de páginas* | 88 |
| *Tipologia* | ITC Franklin Gothic |
| *Impressão* | Lis Gráfica |

Ilustração da capa:
"Releitura de capa de cordel"
Côca Torquato, pintura a fogo sobre porcelana, diâmetro 30,0 cm, 1999.